ro
ro
ro

Zwei Weltautoren – eine Geschichte

Stephen King und Stewart O'Nan haben bereits gemeinsam ein Buch über Baseball geschrieben. Das neue Gemeinschaftswerk ist eine phantastische Geschichte über einen Mann am Ende des Lebens und seine Geister.

Stephen King
Stewart O'Nan

Ein Gesicht in der Menge

Aus dem Englischen
von Thomas Gunkel

Rowohlt Taschenbuch Verlag

Die Originalausgabe erschien 2012 als E-Book
unter dem Titel «A Face in the Crowd»
bei Simon & Schuster Digital, New York.

Deutsche Erstausgabe
Veröffentlicht im Rowohlt Taschenbuch Verlag,
Reinbek bei Hamburg, November 2013

Redaktion Susann Rehlein
Umschlaggestaltung any.way, Barbara Hanke/Cordula Schmidt
(Abbildung: plainpicture/STOCK4B)
Gesamtherstellung CPI books GmbH, Leck
Printed in Germany
ISBN 978 3 499 22794 3

EIN GESICHT IN DER MENGE

Ein Gesicht in der Menge

Im Sommer nach dem Tod seiner Frau begann Dean Evers, sich öfter Baseball anzusehen. Wie viele der Winterflüchtlinge aus New England, die der Nordostwind an die Golfküste Floridas geweht hatte, war er Red-Sox-Fan und hatte doch großherzig die Devil Rays, die ewigen Prügelknaben, zu seinem zweiten Team erkoren. Obwohl ehemals Trainer in der Little League, war er nie ein großer Fan gewesen – nicht so besessen wie sein Sohn Pat –, doch wenn der Sonnenuntergang den westlichen Himmel in ein kitschiges Rot tauchte, schaltete er jetzt Abend für Abend das Spiel der Rays ein, um seine leere Eigentumswohnung mit Leben zu erfüllen.

Er wusste, dass es nur ein Zeitvertreib war. Sechsundvierzig Jahre war er mit Ellie verheiratet gewesen, in guten wie in schlechten Zeiten, und jetzt hatte er niemanden mehr, der sich noch daran erinnerte. Es war ihre Idee gewesen, nach St. Pete zu ziehen, doch kaum fünf Jahre nach dem Umzug hatte sie ihren Schlaganfall. Das Schreckliche war, dass sie in guter Verfassung gewesen war. Sie hatten im Club ein erfrischendes Tennismatch gespielt. Ellie hatte ihn wieder geschlagen, und er musste die Drinks bezahlen. Sie saßen unter einem Sonnenschirm und nippten an ihren gekühlten Gin Tonics, als Ellie plötzlich zusammenzuckte und die Hand aufs Auge presste.

«Hirnfrost?», fragte er.

Sie regte sich nicht, saß stocksteif da, das andere Auge starr in die Ferne gerichtet.

«El», sagte er und streckte die Hand nach ihrer nackten Schulter aus. Obwohl es der Arzt für unmöglich hielt, erinnerte Evers sich später daran, dass ihre Haut ganz kalt gewesen war.

Sie fiel mit dem Gesicht auf den Tisch und stieß dabei die Gläser um, woraufhin die Kellner, der Geschäftsführer und der Bademeister angestürmt kamen, ihren Kopf auf ein zusammengefaltetes Handtuch betteten, sich neben sie knieten und bis zum Eintreffen der Rettungssanitäter ihren Puls kontrollierten. In der rechten Körperhälfte ging alles verloren, doch sie war am Leben, das war alles, was zählte, nur dass sie, kaum einen Monat nachdem ihre Physiotherapie beendet war und sie aus der Reha kam, einen zweiten, diesmal tödlichen Schlaganfall hatte, während er sie gerade duschte, eine Szene, die so oft vor seinem geistigen Auge ablief, dass er beschloss, in eine neue Wohnung zu ziehen, und so war er hier gelandet, in einem Hochhaus mit Blick auf die Bucht, wo er niemanden kannte und ihm jegliche Ablenkung willkommen war.

Er aß, während er sich das Spiel ansah. Inzwischen machte er sich das Abendessen selbst, weil er es satthatte, allein in Restaurants zu sitzen oder sich für viel Geld etwas bringen zu lassen. Er lernte noch immer die elementaren Grundlagen. Er konnte Pasta machen und Steaks grillen, eine rote Paprika klein schneiden, um einen Fertigsalat zu garnieren. Doch er hatte kein Geschick, ganz oft entmutigte ihn das Ergebnis, und er fand keinen Gefallen am Kochen. An diesem Abend gab es ein gewürztes Schweinekotelett, das er im Publix besorgt hatte. Bloß in eine heiße Pfanne legen und braten, nur dass er nie wusste, wann das Fleisch durch war. Er brachte das Kotelett zum Brutzeln, mischte einen Salat zusammen und deckte den Couchtisch, um fernsehen zu können. Das Fett am Boden der Pfanne begann anzubrennen. Er drückte den Finger aufs Fleisch, um zu überprüfen, ob es schon weich war, war sich aber nicht sicher. Er nahm ein Messer und schnitt hinein, doch in der Mitte war es noch blutig. Es würde eine Mordsarbeit sein, die Pfanne sauber zu machen.

Und als er sich schließlich hinsetzte und anfing zu essen, war das Kotelett zäh. «Grauenhaft», nörgelte er. «Aus dir wird kein Gourmetkoch mehr.»

Die Rays spielten gegen die Mariners, was hieß, dass die Tribünen leer waren. Wenn die Sox oder die Yankees kamen, war das Tropicana Field ausverkauft, doch sonst war nie besonders viel los. In den schlechten alten Zeiten war das verständlich gewesen, doch inzwischen war der Club ein ernsthafter Gegner. Während David Prize die gegnerischen Hitter locker abfertigte, sah Evers zu seinem Entsetzen, dass mehrere Fans in den gepolsterten Stühlen hinter der Home Plate mit ihren Handys telefonierten. Ein Jugendlicher musste natürlich winken wie ein Schiffbrüchiger, was vermutlich der Person am Handy galt, die zu Hause zuschaute.

«Seht nur», sagte Evers. «Ich bin im Fernsehen, also existiere ich.»

Der Junge winkte mehrere Pitches lang. Er saß direkt über der Schulter des Schiedsrichters, und als Price einen Backdoor Curve einstreute, zoomte die Kamera bei der Wiederholung auf die Met-Life-Schlagzone und zeigte das idiotische Grinsen des Jungen in Vergrößerung, während er in Zeitlupe winkte. Zwei Reihen hinter ihm saß ganz allein in seinem weißen Arztkittel, das dünne, pomadisierte Haar angeklatscht, stabil und unerschütterlich wie ein Tiki-Gott, Evers' früherer Zahnarzt aus Shrewsbury, Dr. Young.

Der junge Dr. Young hatte ihn seine Mutter genannt, denn auch als Evers noch ein Kind war, war er schon alt gewesen. Er war Marinesoldat im Pazifik gewesen und hatte auf Tarawa einen Teil seines Beines und seine gesamte Hoffnung verloren. Den Rest seines Lebens rächte er sich nicht an den Japanern, sondern an den Kindern von Shrewsbury, in deren Zahnschmelz er mit der gnadenlosen Spitze seines Edelstahl-Hakens Schwachstellen fand und denen er Spritzen in den Gaumen jagte.

Evers hörte auf zu kauen und beugte sich vor, um sicherzugehen. Das fettige, angeklatschte Haar und die Mount-Rushmore-Stirn, die Bifokalbrille mit den Aschenbechergläsern und die schmalen Lippen, die weiß wurden, wenn er einem mit dem Bohrer auf den Pelz rückte – ja, er war es, und keinen Tag älter als damals, als Evers ihn vor über fünfzig Jahren zum letzten Mal gesehen hatte.

Das konnte nicht sein. Er wäre inzwischen mindestens neunzig. Doch in dem Humidor, der Florida war, wimmelte es von Männern in seinem Alter, viele von ihnen unter dem Leinenhemd und ihrer Sonnenbräune so gut erhalten wie Mumien.

Nein, dachte Evers, *er ist Raucher gewesen.* Noch etwas, das Evers an ihm nicht ausstehen konnte, der schale Geruch seines Atems und seiner Kleidung, wenn er über ihm auftauchte und die richtige Position suchte. Die rote Schachtel passte in die Tasche seines Kittels – Lucky Strikes, filterlos, die echten Sargnägel. *L.S.M.F.T.*, so lautete der alte Slogan: *Lucky Strike Means Fine Tobacco.* Vielleicht war es ein jüngerer Bruder oder ein Sohn. Ein noch jüngerer Dr. Young.

Mit einem Fastball, den Price am Batter vorbeiwarf, ging das Inning zu Ende, und der eingeblendete Werbespot holte Evers zurück in die Gegenwart. Sein Schweinekotelett war so zäh wie der Handschuh eines Catchers. Er warf es in den Müll und nahm sich ein Bier. Der erste kühle Schluck machte ihn nüchtern. Es war ausgeschlossen, dass es sein Dr. Young war, mit den vom Kater zittrigen Händen und dem deutlichen Gin-Geruch in seinem Zigarettenatem. Heutzutage würde man sein Leiden PTBS nennen, aber für ein Kind, das seinen Instrumenten ausgeliefert war, spielte das keine Rolle. Evers hatte ihn verachtet, hatte sich bestimmt irgendwann gewünscht, dass er, wenn nicht tot, so doch nicht mehr da wäre.

Als die Rays am Schlag waren, winkte der Jugendliche

wieder, doch die Reihen hinter ihm waren leer. Evers hielt Ausschau und rechnete damit, dass Dr. Young mit einem Bier und einem Hot Dog zurückkehren würde, doch während die Innings verstrichen und Price immer mehr Strikeouts gelangen, blieb der Platz leer. Ein Stück weiter winkte jetzt eine Frau in glitzerndem Top ihren Leuten zu Hause.

Er wünschte, er könnte das Ganze Ellie erzählen oder seine Mutter anrufen und fragen, was aus dem jungen Dr. Young geworden sei, doch wie bei so vielen Alltagsdingen gab es niemanden, dem er davon berichten konnte. Höchstwahrscheinlich war der Mann bloß einer dieser alten Knacker, die nichts Besseres zu tun hatten, als die ihnen noch verbleibenden Abende damit zu vergeuden, dass sie sich Baseball anschauten, nur im Stadion statt zu Hause.

Spät in der Nacht, gegen drei, begriff Evers mühelos, warum sich Sträflinge ausgerechnet am meisten vor Einzelhaft fürchteten. Prügel hörten irgendwann auf, doch ein Gedanke konnte ewig weitergehen und sich immer wieder von der Schlaflosigkeit nähren. Warum gerade Dr. Young, an den er jahrelang nicht mehr gedacht hatte? War das ein Zeichen? Ein Omen? Oder verlor er – wie er es nach Ellies Tod befürchtet hatte – allmählich den Bezug zur Realität?

Um diese Zweifel zu widerlegen, machte er den ganzen nächsten Tag in der Stadt Besorgungen, plauderte mit dem Angestellten im Postamt und der Frau an der Ausleihe der Bücherei – nur Smalltalk, aber dennoch eine Verbindung, etwas, worauf man aufbauen konnte. Wie jeden Sommer waren Pat und seine Familie bei Sues Eltern auf Cape Cod. Trotzdem sprach Evers eine Nachricht auf ihren Anrufbeantworter. Nach ihrer Rückkehr würde er sie wirklich gern mal wieder treffen. Er würde sie in ein Restaurant ihrer Wahl zum Essen einladen oder vielleicht auch zu einem Baseballspiel.

An jenem Abend bereitete er sein Essen zu, als wäre nichts vorgefallen, doch jetzt achtete er auf die Uhrzeit und beeilte sich mit dem Grillhähnchen, damit er den ersten Pitch nicht verpasste. Die Rays spielten wieder gegen die Mariners, und auch diesmal waren kaum Zuschauer da, nur die oberen Ränge ein Meer von Blau. Evers setzte sich vor den Fernseher, ohne darauf zu achten, wo der Pitch hinging, und konzentrierte sich stattdessen auf die dritte Reihe links vom Schiedsrichter. Als wollte es seine Frage mit einem höhnischen Johlen beantworten, fläzte sich das Mannschaftsmaskottchen Raymond, ein Wesen mit blauem Fell, wie es in der Natur nirgends vorkommt, über die Sitze und schüttelte hinter Ichiros Rücken die Faust.

«Dir fällt die Decke auf den Kopf», sagte Evers. «Das ist alles.»

Der Star der Mariners, Felix Hernandez, war am Wurf, und King Felix warf gut. Das Spiel verging schnell. Als Evers sein allabendliches Bier öffnete, lief schon das sechste Inning, und die Mariners lagen mit ein paar Runs in Führung. Und in diesem Moment, gerade als King Felix

Ben Zobrist austrickste, sah Evers in der dritten Reihe, im selben Nadelstreifenanzug, in dem er beerdigt worden war, seinen alten Geschäftspartner Leonard Wheeler.

Leonard Wheeler – immer Leonard, nie Lennie – aß gerade einen Hot Dog und spülte ihn mit einem von den ESPN-SportsCenter-Klugscheißern so genannten «Erwachsenengetränk» runter. Einen Augenblick zu entsetzt, um es zu leugnen, brachte Evers nicht die Empörung auf, die allein der Gedanke an Wheeler immer noch bei ihm auslösen konnte. «Du Kontrollfreak!», rief er und ließ sein eigenes Erwachsenengetränk fallen, das er gerade an die Lippen geführt hatte. Die Dose fiel auf das Tablett, das auf seinem Schoß stand, und alles kippte auf den Boden zwischen seinen Füßen, wo das Hähnchen, der Tüten-Kartoffelbrei und die grünen Bohnen von Birds Eye (ebenfalls von einer Farbe, die in der Natur nicht vorkommt) schließlich in einer schäumenden Bierpfütze auf dem Teppich lagen.

Evers bemerkte es nicht, sondern starrte nur seinen neuen Fernseher an, der so topmodern war, dass Evers manchmal das Gefühl hatte, er bräuchte bloß das Bein anzuheben und den Kopf einzuziehen und könnte direkt ins Bild steigen. Es war eindeutig Wheeler: dieselbe Brille mit Goldfassung, dasselbe vorstehende Kinn und dieselben seltsam fleischigen Lippen, derselbe prächtige schneeweiße Haarschopf, durch den er wie der Star einer Seifenoper aussah – der ältere Hauptdarsteller, der einen begnadeten Arzt oder einen Industriemagnaten spielt, dem von seiner verabscheuenswerten Vorzeigefrau Hörner aufgesetzt werden. Auch die riesige Ansteckflagge an seinem Revers war unverkennbar. Wie ein inkompetenter Kongressabgeordneter hatte er das verdammte Ding getragen. Ellie witzelte mal, dass Lennie (insgeheim hatten sie ihn stets so genannt) es vor dem Schlafengehen bestimmt unter sein Kopfkissen legte.

Dann überfluteten Zweifel seinen anfänglichen Schock wie weiße Blutkörperchen, die in eine frische Schnittwunde spülen. Evers schloss die Augen, zählte bis fünf und riss sie weit auf, in der Überzeugung, jemanden, der Wheeler ähnlich sah, oder – was vielleicht noch schlimmer wäre – gar niemanden zu Gesicht zu bekommen.

Inzwischen war ein anderes Bild zu sehen. Statt einen neuen Batter zu zeigen, konzentrierte sich die Kamera auf den linken Außenfeldspieler der Mariners, der ein seltsames Tänzchen aufführte.

«Das ist ja mal was Neues», sagte ein Sprecher der Rays. «Was zum Teufel hat Wells bloß vor, DeWayne?»

«Kleine Crunk-Nummer, schätze ich», erwiderte DeWayne Staats, und beide kicherten.

Jetzt reicht's aber mit diesem geistsprühenden Schlagabtausch, dachte Evers. Er scharrte mit den Füßen und schaffte es tatsächlich, auf die biergetränkte Hähnchenbrust zu treten. *Zeigt endlich wieder die Home Plate.*

Als hätte ihn der Sendeleiter in seinem apparatestrotzenden Übertragungswagen gehört, sprang das Bild zurück, jedoch nur für einen Augenblick. Luke Scott schlug einen Ball auf den Second Baseman der Mariners, und dann war das Tropicana Field plötzlich verschwunden, und Evers sah sich der Aflac-Ente gegenüber, die ein Leck in einem Ruderboot zuhielt und damit für Versicherungen warb.

Als Evers halb aufgestanden war, gaben seine Knie nach, und er fiel wieder in seinen Sessel. Das Polster quietschte müde. Er holte tief Luft, stieß den Atem aus und fühlte sich dann etwas kräftiger. Diesmal kam er hoch und schleppte sich in die Küche. Er holte den Teppichreiniger unter der Spüle hervor und las die Gebrauchsanweisung. Ellie hätte das nicht nötig gehabt. Sie hätte bloß eine halb verärgerte, halb belustigte Bemerkung gemacht (*Aus einem Esel kann man kein Rennpferd machen* war ihr Lieblingsspruch) und sich dann um die Schweinerei gekümmert.

«Das war nicht Lennie Wheeler», sagte er dem leeren Wohnzimmer, als er zurückkam. «Völlig ausgeschlossen.»

Die Ente war verschwunden, ersetzt durch einen Mann und seine Frau, die auf einer Terrasse knutschten. Schon bald würden sie nach oben gehen und mit Hilfe von Viagra miteinander schlafen, weil man heutzutage weiß, wie man Probleme bewältigt. Evers, der ebenfalls wusste, wie man Probleme bewältigte (schließlich hatte er die Gebrauchsanweisung auf der Dose gelesen), ließ sich auf die Knie nieder, räumte sein triefendes Abendessen Stück für Stück wieder auf das Tablett und sprühte dann eine kleine Wolke Resolve auf die Überreste, wohl wissend, dass wahrscheinlich ein Fleck zurückbleiben würde.

«Lennie Wheeler ist so tot wie Jacob Marley. Ich war auf seiner Beerdigung.»

Das stimmte, und obwohl er ein angemessen ernstes, bekümmertes Gesicht gemacht hatte, hatte er das Ganze genossen. Lachen mochte die beste Medizin sein, aber Dean Evers war davon überzeugt, dass seine Feinde überleben die beste Rache war.

Evers und Wheeler hatten sich beim Wirtschaftsstudium kennengelernt und, nachdem Wheeler «ein klaffendes Loch von der Größe des Sumner-Tunnels» im Markt von New England entdeckt hatte, mit geringen finanziellen Mitteln die Mietwagenfirma Speedy Truck gegründet. Anfangs hatte sich Evers nicht an Wheelers arrogantem Auftreten gestört, das perfekt von einem Schild an seiner Bürowand zusammengefasst wurde: WENN ICH MEINE MEINUNG HÖREN WILL, FRAGE ICH SIE DANACH. Damals, als Evers seinen eigenen Weg noch nicht gefunden hatte, hatte er diese Art Attitüde gebraucht. Wheeler, so dachte er manchmal, war sein Rückgrat gewesen. Doch junge Männer werden erwachsen und entwickeln ihre eigenen Ideen.

Nach zwanzig Jahren war Speedy die größte unabhängige LKW-Vermietung in New England, eine der wenigen, die weder mit dem organisierten Verbrechen noch mit der Steuerbehörde Probleme hatten. Das war der Moment, als Leonard Wheeler – nie Lennie, außer wenn Evers und seine Frau wohlbehalten im Bett lagen und kicherten wie zwei Kinder – beschloss, dass es Zeit war, landesweit zu expandieren. Jetzt stellte sich Evers auf die Hinterbeine und erhob Einspruch. Nicht behutsam, wie bei früheren

Meinungsverschiedenheiten, sondern in entschiedenem Ton. Sogar lauthals. Zweifellos hatten alle im Büro sie gehört, trotz der geschlossenen Tür.

Während er darauf wartete, dass das Resolve einzog, wurde das Spiel wieder gezeigt. Hellickson warf immer noch für die Rays, und er war gut. Wenn auch nicht so gut wie Hernandez, und an jedem anderen Abend hätte Evers ihm ein paar unterstützende Gedanken geschickt. Aber nicht heute. Heute hockte er vor seinem Sessel auf den Fersen, die knochigen Knie zu beiden Seiten des Flecks, den er entfernen wollte, und starrte auf die Tribüne hinter der Home Plate.

Da war Wheeler, immer noch auf demselben Platz, mit der einen Hand führte er ein Bier zum Mund, und in der anderen hielt er ein Handy. Schon der Anblick des Handys löste bei Evers Empörung aus. Nicht weil in Baseballstadien Handys genau wie das Rauchen verboten sein sollten, sondern weil Wheeler, lange bevor diese Dinger allgemein in Gebrauch kamen, an einem Herzinfarkt gestorben war. Er hatte kein Recht darauf!

«Oh-ooh, das ist aber ein laaaanger Ball!», brüllte DeWayne Staats. «Justin Smoak hat es aaalllen gezeigt!»

Die Kamera folgte dem Ball zu den fast leeren Rängen und verweilte, um zu beobachten, wie sich zwei Jungen darum stritten. Einer blieb siegreich, winkte damit in die Kamera und schob auf ungemein obszöne Weise das Becken vor und zurück.

«Fick dich!», rief Evers. «Du bist im Fernsehen, na und?»

Solche Ausdrücke benutzte er eigentlich nie, aber hatte er bei dem Streit über die Expansion nicht dasselbe zu seinem Partner gesagt? Ja. Und es war nicht bloß *Fick dich* gewesen, sondern *Fick dich, Lennie.*

«Und was ich getan hab, hast du verdient.» Bestürzt stellte er fest, dass er den Tränen nahe war. «Du hast mich nicht aus deinem Würgegriff gelassen, Leonard. Ich hab getan, was ich tun musste.»

Jetzt kehrte die Kamera dahin zurück, wo sie hingehörte, und zeigte, wie Smoak bei seinem Home Run dahintrottete und zum Himmel – na ja, zur Kuppel – hinaufdeutete, während er zum apathischen Beifall von ungefähr zwei Dutzend anwesenden Mariners-Fans die Home Plate überquerte.

Kyle Seager wurde eingewechselt. Inzwischen war der Platz in der dritten Reihe, auf dem Wheeler gesessen hatte, leer.

Das war er nicht, dachte Evers und schrubbte an dem Fleck herum (die Barbecuesoße wollte einfach nicht rausgehen). *Das war bloß jemand, der ihm ähnlich sah.*

Das hatte schon beim jungen Dr. Young nicht besonders gut geklappt, und jetzt klappte es überhaupt nicht.

Evers schaltete den Fernseher aus und beschloss, früh ins Bett zu gehen.

Nutzlos. Weder um zehn noch um Mitternacht kam der Schlaf. Um zwei nahm er eine von Ellies Ambien, in der Hoffnung, dass sie ihn nicht umbringen würde – die Packung war schon achtzehn Monate übers Ablaufdatum hinaus. Die Tablette brachte ihn zwar nicht um, doch sie sorgte auch nicht dafür, dass er einschlief. Er nahm noch eine halbe, lag dann im Bett und dachte an das Schild, das er in seinem eigenen Büro aufgehängt hatte. Darauf hatte gestanden: GEBT MIR EINEN HEBEL, DER LANG GENUG, UND EINEN STÜTZPUNKT, DER STARK GENUG IST, DANN HEBE ICH DIE WELT AUS DEN ANGELN. Bei weitem nicht so arrogant wie Wheelers Schild, aber vielleicht nützlicher.

Da Wheeler sich weigerte, ihn aus dem Partnerschaftsvertrag zu entlassen, den Evers dummerweise unterzeichnet hatte, als er noch jung und ergeben war, hatte er so einen Hebel gebraucht, um seinen Partner loszuwerden. Und zufällig hatte er einen gehabt. Leonard Wheeler hatte eine Vorliebe für junge Knaben. Oh, nicht richtig jung, nicht minderjährig, sondern im Collegealter. Wheelers persönliche Assistentin Martha hatte Evers eines rumseligen Abends auf einer Tagung in Denver anvertraut, dass Wheeler eine Schwäche für Rettungsschwimmertypen hatte. Später, nüchtern und schuldbewusst, hatte sie ihn angefleht, niemandem etwas davon zu sagen. Wheeler sei ein guter Chef – hart, aber gut –, und seine Frau sei wirklich toll. Dasselbe gelte für seinen Sohn und seine Tochter.

Evers verriet nichts und hielt diese Sache sogar vor Ellie geheim. Wenn sie gewusst hätte, dass er vorhatte, so eine ehrenrührige Information zum Bruch des Partnerschaftsvertrags zu benutzen, wäre sie entsetzt gewesen. *Es ist mit Sicherheit unnötig, zu solchen Mitteln zu greifen*, hätte sie gesagt, und daran hätte sie auch geglaubt. El meinte zu begreifen, in welch einer Klemme er steckte, aber das stimmte nicht. Vor allem begriff sie nicht, dass sie alle in der Klemme steckten – sie und der kleine Patrick genau wie er. Wenn Speedy jetzt landesweit expandierte, würden die Branchenriesen sie innerhalb eines Jahres zermalmen. Spätestens innerhalb von zwei Jahren. Da war Evers sich völlig sicher, und er hatte die Zahlen, die das bestätigten. Alles, wofür sie gearbeitet hatten, würde weggespült werden, und er hatte nicht vor, im Meer von Lennie Wheelers ehrgeizigen Plänen unterzugehen. Das durfte er nicht zulassen.

Er hatte nicht mit den Worten *Fick dich, Lennie* begonnen. Zuerst hatte er es mit Vernunft versucht und die jüngsten Tabellenkalkulationen angeführt, um seinen Standpunkt darzulegen. Ihr Marktanteil in New England war der Tatsache zu verdanken, dass die LKWs am Zielort wieder abgegeben und außerdem zu Stundensätzen vermietet wurden, mit denen die großen Firmen nicht konkurrieren konnten. Weil das Gebiet, das sie abdeckten, so klein war, konnten sie ihren gesamten Fuhrpark innerhalb von drei Stunden wieder zurückholen, während die großen Firmen dazu außerstande waren und einen Zuschlag verlangen mussten. Am ersten September, dem Umzugstag der Studenten, war Boston fest in der Hand von Speedy. Wenn sie sich verzettelten, um die Kernstaaten abzudecken, würden sie dieselben Probleme haben wie U-Haul und Penske – dasselbe schwerfällige Geschäftsmodell, das sie bewusst vermieden und unterboten. Warum sollten sie wie die anderen sein wollen, wenn sie die anderen aus dem Rennen warfen? Falls es Wheeler noch nicht aufgefallen sei, Penske sei insolvent, Thrifty auch.

«Genau», sagte Wheeler. «Weil die großen Firmen im Abseits sind, ist das der perfekte Zeitpunkt. Wir versuchen nicht, wie sie zu sein, Dean. Wir teilen das Land in Regionen auf und tun dasselbe wie bisher.»

«Wie soll das im Nordwesten funktionieren?», fragte Evers. «Oder im Südwesten? Oder auch nur im Mittelwesten? Das Land ist einfach zu groß.»

«Vielleicht ist es anfangs nicht so rentabel, aber das dauert nicht lange. Du hast unsere Konkurrenz doch gesehen. Achtzehn Monate – höchstens zwei Jahre –, dann sind sie erledigt.»

«Wir haben uns schon finanziell übernommen, und jetzt willst du noch mehr Schulden machen.»

Bei diesem Wortwechsel glaubte Evers aufrichtig an seine Argumente. Selbst für eine öffentliche Kapitalgesellschaft waren die Probleme der Kapitalisierung und des Geldflusses unüberwindlich – ein Urteil, das sich zwei Jahrzehnte später mit dem einsetzenden Abschwung als nur zu wahr erweisen sollte. Doch Lennie Wheeler war es gewohnt, seinen Willen durchzusetzen, und nichts, was Evers sagte, konnte ihn davon abbringen. Wheeler hatte schon mit verschiedenen Risikokapitalunternehmen gesprochen und einen eleganten Prospekt drucken lassen. Er wollte seinen Vorschlag direkt den Aktionären unterbreiten, wenn nötig, ohne Evers' Zustimmung.

«Ich glaube nicht, dass du das tun willst», sagte Evers.

«Und warum nicht, Dean?»

Er hatte sich wirklich bemüht, das Ganze anständig und ehrenhaft über die Bühne zu bringen. Und er wusste, dass er recht hatte; die Zeit würde es zeigen. In Geschäften ging es nur um eins: das Überleben. Evers hatte das damals deutlich gespürt und hielt es auch heute noch für richtig: Er musste die Firma retten. Deshalb die nukleare Option.

«Ich glaube nicht, dass du das tun willst, weil dir wahrscheinlich nicht gefallen würde, wovon ich die Gesellschafterversammlung unterrichten würde. Oder sollte ich lieber sagen, von wem?»

Wheeler lachte, ein kraftloses kurzes Kichern. Er starrte Evers an, als hätte er eine Waffe gezogen. «Von wem?»

«Wir wissen beide, von wem», sagte Evers.

Wheeler rieb sich langsam mit der Hand über die Wange. «Ich hab mich schon gefragt, warum du hier reinkommst, als hättest du schon was gewonnen.»

«Wir gewinnen nichts. Wir vermeiden einen Fehler, der uns alles kosten würde. Tut mir leid, dass es so weit kommen musste. Wenn du auf mich gehört hättest ...»

«Fick dich, Dean», sagte Wheeler. «Versuch nicht, dich für Erpressung zu entschuldigen. Das ist unanständig. Und da wir gerade unter vier Augen sind, warum rollst du nicht diese Tabellenkalkulationen zusammen – nur so passen sie in deinen schmalen Arsch – und gibst zu, dass es stimmt: Du bist ein Feigling. Schon immer gewesen.»

Innerhalb eines Jahres zahlte Evers ihn aus. Die Trennung war kostspielig und im Rückblick ein besserer Deal, als ihn Wheeler verdient hatte. Lennie verließ New England, dann seine Frau und schließlich, in einer Notaufnahme in Palm Springs, dieses irdische Tal der Tränen. Aus Respekt flog Evers zur Beerdigung in den Westen, wo, kaum überraschend, keine Rettungsschwimmertypen anwesend waren und von der Familie nur die Tochter, die Evers kühl für sein Kommen dankte. Er sprach den ersten Gedanken nicht aus, der ihm in den Kopf kam: *Sarkasmus steht Fettklößen nicht, Kleine.* Nach einer gründlichen Überprüfung der Zahlen und finanziert durch Bain Capital, expandierte Speedy ein paar Jahre später unter Verwendung einer vereinfachten Version ihres alten Regionenplans doch noch landesweit. Dass er recht gehabt hatte – dass Speedy am Ende ebenso Insolvenz anmelden musste wie die besiegten Konkurrenten –, war keine richtige Ehrenrettung. Doch er kam mit einer stattlichen Summe aus der Sache heraus, und das war's.

Das Witzige war, dass Wheeler mit minimalem Aufwand – ein, zwei beiläufige Fragen an Martha, eine scharfsinnige Deutung ihres Blinzelns – eine felsenfeste Absicherung hätte erlangen können. Als Evers das begriff, machte er mit Martha behutsam Schluss, und da sie beide ein schlechtes Gewissen hatten, war es sogar eine Erleichterung. Ihre Affäre hatte einen ausgesprochen angenehmen Verlauf genommen, und statt sie zu feuern, holte er sie näher zu sich, machte sie zur Chefassistentin bei doppeltem Gehalt und arbeitete tagein, tagaus neben ihr, bis sie schließlich eine großzügige Vorruhestandsregelung akzeptierte. Bei ihrer Abschiedsparty hielt er eine Rede, schenkte ihr eine Honda Goldwing und gab ihr einen flüchtigen Kuss auf die Wange, während die übrigen Angestellten ihr zuprosteten und herzlichen Beifall spendeten. Das Ganze endete mit einer Diashow, die Martha auf ihrer alten Harley Tri-Glide zeigte, während George Thorogood «Ride On, Josephine» sang.

Das war ein seltener Moment für Evers, eine glückliche Trennung. Über die dumme Affäre hinaus hatte er Martha immer gemocht, ihr lautes Lachen und wie sie beim Tippen, den Bleistift hinterm Ohr, vor sich hin summte. Was er in seiner Rede sagte – dass sie nicht nur seine Assistentin, sondern auch eine teure, getreue Freundin sei –, stimmte. Obwohl er schon eine Ewigkeit nicht mehr mit ihr gesprochen hatte, war sie von allen Leuten, mit denen er gearbeitet hatte, die Einzige, die ihm fehlte. Von der einsetzenden Wirkung des Ambien eindösend, fragte er sich benebelt, ob sie wohl noch am Leben war oder ob er morgen das Spiel einschalten und sie in dem ärmellosen gelben Sommerkleid mit den Gänseblümchen, das ihm so gut gefiel, hinter der Home Plate entdecken würde.

Er stand um acht auf – eine ganze Stunde später als sonst – und nahm an der Haustür die Zeitung von der Matte. Er blätterte die Sportseite auf und sah, dass die Rays an diesem Tag spielfrei hatten. Das war schon in Ordnung; es gab ja noch *CSI*. Evers duschte, aß ein gesundes Frühstück, bei dem Weizenkeime eine Hauptrolle spielten, und setzte sich dann hin, um den jungen Dr. Young im Internet ausfindig zu machen. Als dieses Wunder des einundzwanzigsten Jahrhunderts versagte (oder vielleicht machte er es auch bloß nicht richtig; Ellie war immer das Computergenie gewesen), griff er zum Telefon. Dem Archiv des Shrewsbury *Herald* zufolge war das zahnärztliche Schreckgespenst aus Evers' Kindheit 1978 gestorben. Erstaunlicherweise war er erst neunundfünfzig gewesen, fast zehn Jahre jünger als Evers jetzt. Evers dachte über das Unfassbare nach: War sein Leben vom Krieg, von den Luckies, seiner Arbeit als Zahnarzt oder von allem zusammen verkürzt worden?

In seinem Nachruf stand nichts Außergewöhnliches, nur die üblichen Hinterbliebenen- und Beerdigungsinformationen. Evers hatte absolut nichts mit dem Ableben dieses versoffenen alten Metzgers zu tun gehabt, er hatte nur das Pech gehabt, sein Opfer zu sein. Derart entlastet, trank er an jenem Abend ein, zwei zusätzliche Gläschen auf Dr. Young. Er ließ sich etwas zu essen bringen, aber es dauerte eine Ewigkeit, und das Ganze traf erst ein, als er schon einen in der Krone hatte. Wie sich herausstellte, hatte er die *CSI*-Folge schon gesehen, und die Sitcoms waren alle bescheuert. Wo war Bob Newhart, wenn man ihn mal brauchte? Evers putzte sich die Zähne, nahm zwei von Ellies Ambien und stand dann schwankend vor dem

Badezimmerspiegel, seine Augen ganz rot. «Gebt mir eine Leber, die lang genug ist», sagte er, «dann hebe ich die verdammte Welt aus den Angeln.»

Er schlief wieder lange, kam mit Instantkaffee und Haferbrei wieder zu sich und freute sich, zu sehen, dass die Sox für eine große Wochenendserie kamen. Er feierte das Auftaktspiel mit Steak und stellte den Videorecorder ein, um den bösen Geist einzufangen, den seine Vergangenheit vielleicht ausspeien würde. Wenn es dazu käme, würde er diesmal vorbereitet sein.

Und es kam tatsächlich dazu, im siebten Inning eines unentschieden stehenden Spiels, in einer wichtigen Situation an der Home Plate. Er hätte es verpasst, wenn er das Geschirr gespült hätte, doch inzwischen saß er gespannt auf der Sofakante, total in das Spiel vertieft und auf jeden Pitch konzentriert. Longoria schlug einen Double in die Lücke zwischen linkem und mittlerem Außenfeld, und Upton versuchte von der ersten Base aus zu punkten. Der Wurf war schneller als er, flog aber zu weit, die Linie der ersten Base entlang. Als Kelly Shoppach, der Catcher der Sox, mit einem Sweep Tag auf die Home Plate zustürzte, erhob sich direkt hinter dem Fangzaun ein spindeldürrer, sommersprossiger Junge von seinem Platz, der nicht älter als neun war.

Er hatte einen Haarschnitt, der früher Dutchboy genannt wurde oder, falls man den jeweiligen Jungen in der Schule verhöhnen wollte, Suppentopf. «He, Soup!», riefen sie immer, wenn sie im Sportunterricht hinter ihm herjagten, sich auf ihn stürzten und jedes Spiel in einen Rugbykampf verwandelten. «He, Soupy, Soup, Soupy!»

Er hieß Lester Embree, und hier im schattigen Trop trug er dasselbe abgetragene rot-blau gestreifte Hemd und dieselbe ausgebleichte, an den Knien geflickte Tuffskins, die er im Frühling 1954 ständig anzuhaben schien. Er war weiß, wohnte aber im schwarzen Teil der Stadt hinter dem Rummelplatz. Er hatte keinen Vater, und das netteste Gerücht über seine Mutter lautete, dass sie im St. Joe's Hospital in der Wäscherei arbeitete. Mitten im Schuljahr war er aus irgendeinem Provinznest in Tennessee nach Shrewsbury gekommen, ein Schritt, der Evers und seinen Kumpels idiotisch vorkam und den sie als Beleidigung empfanden. Es bereitete ihnen Freude, seinen weichen, schleppenden Akzent nachzuahmen und die stockenden Antworten, die er im Unterricht gab, in Monologe à la Foghorn Leghorn auszudehnen. «Hören Sie, hören Sie zu, Miss Pritchett, Ma'am, ich sag's Ihnen, ich hab mir eben in die Hose geschissen.»

Auf dem Bildschirm sprang Upton auf, drehte sich zu dem ausgestreckt daliegenden Catcher um und signalisierte, gerade als der Schiedsrichter die geballte Faust in die Luft streckte, dass er safe war. Eine andere Kamera zoomte weg, um zu zeigen, wie Joe Maddon aufgebracht von der Spielerbank heranstürmte. Die Zuschauer im ausverkauften Stadion waren außer sich.

In der Wiederholung war – noch bevor Evers den Videorecorder per Fernbedienung anhielt und zurückspulte

– über der in die blaue Wand eingelassenen Fox-13-Werbung Lester Embree mit seinem blöden Topfschnitt zu sehen, und während Upton der Berührung deutlich mit einem eleganten Hook Slide entging, zeigte der stille Junge – der verschrumpelt und ohne Finger vor den Augen von Evers und seinen Freunden aus dem Marsden's Pond gezogen worden war – jetzt mit einem von den Fischen angeknabberten Stumpf nicht auf das direkt vor ihm ablaufende Spiel, sondern, als könnte er in die klimatisierte, schwach erleuchtete Eigentumswohnung hineinblicken, direkt auf Evers. Seine Lippen bewegten sich, und es sah nicht so aus, als würde er sagen: *Macht den Schiedsrichter fertig.*

«Mach mal halblang», spottete Evers, als ginge es um die Fehlentscheidung. «Mein Gott, ich war noch ein Kind.»

Im Fernsehen liefen wieder Live-Bilder – und es ging richtig zur Sache. Joe Maddon und der Home-Plate-Schiedsrichter standen sich Nase an Nase gegenüber. Beide quasselten, und man musste kein Hellseher sein, um zu wissen, dass Maddon das Spiel schon bald aus dem Clubhaus verfolgen würde. Evers hatte keine Lust, sich anzusehen, wie man den Trainer der Rays des Feldes verwies. Er spulte mit der Fernbedienung zu der Stelle zurück, wo Lester Embree sichtbar geworden war.

Vielleicht wird er nicht mehr da sein, dachte Evers. *Vielleicht kann man Geister genauso wenig auf Video bannen, wie man Vampire im Spiegel sehen kann.*

Doch Lester Embree saß auf der Tribüne – noch dazu

bei den teuren Plätzen –, und Evers fiel plötzlich der Tag an der Fairlawn-Schule ein, an dem der alte Soupy an Evers' Spind gewartet hatte. Schon weil er dort stand, hätte Evers am liebsten ausgeholt und ihm eine geklebt. Schließlich hatte der kleine Scheißer dort nichts zu suchen. *Die andren hör'n auf, wenn du's ihnen sagst*, hatte Soupy in seinem Südstaatenakzent gesagt. *Selbst Kaz.*

Er hatte von Chuckie Kazmierski gesprochen, nur dass ihn keiner Chuckie nannte, nicht einmal jetzt. Das konnte Evers bezeugen, denn Kaz war der einzige Kumpel aus Kindertagen, mit dem er noch immer befreundet war. Er wohnte in Punta Gorda, und manchmal trafen sie sich, um eine Runde Golf zu spielen. Bloß zwei glückliche Rentner, einer geschieden, einer verwitwet. Sie schwelgten oft in Erinnerungen – wozu waren alte Männer sonst eigentlich gut? –, doch schon seit Jahren hatten sie nicht mehr über Soupy Embree geredet. Evers musste sich jetzt fragen, woran das eigentlich lag. Scham? Gewissensbisse? Vielleicht bei ihm, aber wohl nicht bei Kaz. Als jüngster von sechs Brüdern und Kleinster in ihrem verlotterten Haufen hatte sich Kaz jeden Funken Respekt erkämpfen müssen. Er hatte sich den Platz an der Spitze sauer verdient, mit Fäusten und Blut, und empfand Lester Embrees Hilflosigkeit als persönliche Beleidigung. Ihm hatte niemand je eine Chance gegeben, und jetzt wollte dieser jammernde Hinterwäldler einen Freifahrtschein? «Nichts ist umsonst», sagte Kaz kopfschüttelnd, als wäre es eine traurige Wahrheit. «Irgendwann muss irgendwer irgendwie bezahlen.»

Wahrscheinlich kann sich Kaz nicht mehr daran erinnern, dachte Evers. *Konnte ich bis jetzt auch nicht.* Doch an diesem Abend konnte er sich lückenlos erinnern. Vor allem an den flehenden Blick des Jungen damals an seinem Spind. Große blaue, sanfte Augen. Und diese schmeichlerische Südstaatenstimme, die ihn anflehte, als läge es wirklich in seiner Macht, ihm den Wunsch zu erfüllen.

Kaz und die andren hör'n auf dich. Gib mir 'ne Chance, ja? Ich geb dir Geld. Jede Woche zwei Dollar, das is mein ganzes Taschengeld. Ich will doch bloß mit euch auskommen.

Obwohl er nicht wollte, konnte sich Evers an seine Antwort erinnern, eine höhnische Parodie auf den Akzent des Jungen: *Wennde bloß mit uns auskommen willst, dann mach, dassde hier rauskommst, Soupy. Ich will dein Geld nicht, das is bestimmt voller Schwuchtelbazillen.*

Als treuer Statthalter (und nicht General, wie Lester Embree geglaubt hatte) erzählte Evers sofort Kaz von der Sache, schmückte das Ganze noch weiter aus und lachte über seinen eigenen Akzent. Später, im Schatten der Fahnenstange, feuerte er Kaz aus dem Kreis nervöser Jungen heraus an, die um die Kämpfenden herumstanden. Eigentlich war es gar kein Kampf, denn Soupy wehrte sich nicht. Er sackte bei Kaz' erstem Schlag zu Boden und rollte sich zusammen, während Kaz ihn nach Lust und Laune schlug oder trat. Und dann setzte sich Kaz, als wäre er müde geworden, rittlings auf ihn, packte ihn an den Handgelenken und drückte seine Arme über dem Kopf auf den Boden. Soupy weinte, an seiner aufgeplatzten Lippe bildeten sich blutige Bläschen. Bei dem Gerangel war sein rot-blau gestreiftes Hemd zerrissen, und durch ein faustgroßes Loch war die fischige Haut seiner Brust zu sehen. Er wehrte sich auch nicht, als Kaz seine Handgelenke losließ, mit beiden Händen in das Loch griff und den Stoff zerriss. Der Kragen wollte nicht nachgeben, und Kaz zog das Hemd mit drei festen Rucken Soupy über die Ohren, stand dann auf, wirbelte die Fetzen wie ein Lasso über dem Kopf, schleuderte es dann auf Soupy hinab und ging davon. Neben der inneren Wildheit, die Kaz angezapft hatte, und der Souveränität, mit der er seinen Gegner vernichtet hatte, fand Evers auch erstaunlich, wie schnell alles gegangen war. Es hatte insgesamt vielleicht zwei Minuten gedauert. Die Lehrer hatten es nicht mal bis nach draußen geschafft.

Als der Junge eine Woche später verschwand, dachten Evers und seine Kumpels, dass er weggelaufen sein musste. Soupys Mutter war anderer Ansicht. Sie sagte, er sei gern in der freien Natur unterwegs. Er sei ein verträumter Junge, vielleicht habe er sich verirrt. Im nahe gelegenen Wald fand eine groß angelegte Suchaktion statt, mit richtigen Spürhunden aus Boston. Als Pfadfinder waren Evers und seine Freunde daran beteiligt. Sie hörten den Lärm auf der Dammseite von Marsden's Pond und rannten hin. Später, als sie das augenlose Etwas sahen, das aus der Überlaufrinne gezogen wurde, wünschten sie alle, sie hätten es nicht getan.

Und jetzt, wie auch immer das zu erklären sein mochte,

war Lester Embree im Tropicana Field und stand mit den anderen Fans auf, um sich das Geschehen an der Home Plate anzusehen. Von seinen Fingern war nicht mehr viel übrig, doch er schien noch beide Daumen zu haben. Auch Augen und Nase. Na ja, den größten Teil der Nase. Lester sah Dean Evers durch den Bildschirm hindurch an, genau wie Miss Nancy in den alten *Romper-Room*-Folgen durch ihren Zauberspiegel blickte. «Romper-stomper-bomper-buh», sang Miss Nancy damals immer. «Mein Zauberspiegel sieht euch zu.»

Lesters auf ihn gerichteter Fingerstumpf. Lesters Lippenbewegungen. Was sagte er? Evers musste nur zweimal hinsehen, um sicher zu sein: *Du hast mich ermordet.*

«Das stimmt doch nicht!», brüllte er dem Jungen in dem rot-blau gestreiften Hemd entgegen. «Stimmt nicht! *Du bist in Marsden's Pond gestürzt! In den Teich! Du bist in den Teich gestürzt, und das war verdammt noch mal deine eigene Schuld!*»

Er schaltete den Fernseher aus und ging ins Bett. Wie ein Draht sirrend, lag er da, stand dann auf, nahm zwei Ambien und spülte sie mit einem kräftigen Schluck Scotch hinunter. Die Tabletten-Alkohol-Mischung brachte zumindest das Sirren zum Schweigen, doch er lag immer noch wach und starrte mit Augen, die so groß und glatt wie Messingtürknäufe sein mussten, in die Dunkelheit. Um drei drehte er die Zeitanzeige des Radios zur Wand. Als um fünf das erste Licht der Morgendämmerung durch die Vorhänge drang, kam ihm ein beruhigender Gedanke. Er wünschte, er könnte diesen Gedanken mit Soupy Embree teilen, aber da das nicht ging, sprach er ihn wenigstens laut aus.

«Wenn man mit einer Zeitmaschine in die Vergangenheit zurückkehren und die Dummheiten, die manche von uns in der Schule begangen haben, rückgängig machen könnte, dann wär das Ding bis ins dreiundzwanzigste Jahrhundert ausgebucht, Soups, alter Kumpel.»

Exactamundo. Kindern konnte man keine Vorwürfe machen. Erwachsene wussten es besser, aber Kinder waren von Natur aus dumm. Und manchmal auch von Natur aus böswillig. Er glaubte sich an ein Mädchen in Neuseeland zu erinnern, das die Mutter ihrer besten Freundin mit einem Ziegelstein erschlagen hatte. Sie hatte mehr als fünfzigmal auf die arme Frau eingeschlagen, und als sie für schuldig befunden wurde, kam sie wie lange ins Gefängnis? Sieben Jahre? Fünf? Noch weniger? Als sie rauskam, ging sie nach England und wurde Stewardess. Später wurde sie eine sehr beliebte Krimiautorin. Wer hatte ihm das erzählt? Ellie natürlich. El war eine begeisterte Krimileserin gewesen und hatte immer – oft mit Erfolg – versucht, den Täter zu erraten.

«Soupy», sagte er zu seinem allmählich heller werdenden Schlafzimmer, «du kannst mir nicht die Schuld geben. Ich plädiere auf verminderte Zurechnungsfähigkeit.» Dabei musste er lächeln.

Und als hätte er noch darauf gewartet, um einschlafen zu können, kam ihm ein weiterer beruhigender Gedanke:

Ich muss mir das Spiel heute Abend nicht ansehen. Nichts zwingt mich dazu.

Er wachte erst kurz nach Mittag auf, das erste Mal seit dem College, dass er so lange geschlafen hatte. In der Küche erwog er kurz, Haferbrei zu essen, briet sich dann aber drei Eier in Butter. Wenn er Speck gehabt hätte, hätte er ein paar Scheiben dazugegeben. Zumindest schrieb er ihn auf die Einkaufsliste, die mit einem Gurkenmagnet am Kühlschrank befestigt war.

«Heute Abend kein Spiel für mich», sagte er zu der leeren Wohnung. «Vielleicht könnt ich ja …»

Er hörte, dass er wieder Lester Embrees Akzent nachahmte, und hielt verwirrt inne. Ihm kam in den Sinn, dass er vielleicht nicht an Demenz oder einer frühen Form von Alzheimer litt; vielleicht hatte er bloß einen normalen, ganz alltäglichen Feld-Wald-und-Wiesen-Nervenzusammenbruch. Das schien eine absolut vernünftige Erklärung für die jüngsten Ereignisse zu sein, doch Wissen bedeutete Macht. Wenn man begriff, was passierte, konnte man es doch auch beenden, oder?

«Ich könnte ins Kino gehen», sagte er in seinem eigenen Tonfall. Ruhig. Vernünftig. «Mehr wollte ich gar nicht sagen.»

Am Ende entschied er sich gegen einen Film. Obwohl es in der näheren Umgebung zwanzig Kinosäle gab, fand er nichts, was er sich gern angeschaut hätte. Stattdessen ging er ins Publix, wo er einen Korbvoll Köstlichkeiten kaufte (zum Beispiel ein Pfund von dem guten, dick geschnittenen Paprikaspeck, den Ellie so gern gegessen hatte, und ein paar Hamburger-Brötchen). Er wollte schon zur Expresskasse gehen, sah aber, dass die Kassiererin ein Rays-Trikot mit der 20 trug, Matt Joyces Nummer, und stellte sich lieber woanders an. Dort dauerte es zwar länger, doch er sagte sich, dass ihm das nichts ausmache. Er sagte sich auch, dass er sich nicht vorstelle, wie jemand in diesem Moment im Trop die Nationalhymne sang. Er hatte sich den neuen Harlan Coben als Taschenbuch gekauft, zur Abwechslung mal ein bisschen literarischer Speck. Er würde das Buch heute Abend lesen. Baseball konnte es nicht mit dem für Coben typischen Angst-und-Schrecken-in-der-Vorstadt aufnehmen, nicht mal, wenn Jon Lester auf Matt Moore traf. Wieso interessierte er sich überhaupt für eine so schlappe, langweilige Sportart?

Er räumte die Einkäufe ein und machte es sich mit dem Coben, der klasse war, auf dem Sofa gemütlich. Evers war so darin vertieft, dass ihm gar nicht auffiel, dass er die Fernbedienung genommen hatte, doch als er ans Ende des sechsten Kapitels gelangte und beschloss, eine Pause einzulegen, um ein Stückchen Pepperidge-Farm-Zitronenkuchen zu essen, hielt er das Ding in der Hand.

Schadet ja nichts, mal nachzusehen, wie's steht, dachte er. *Nur ein kurzer Blick und dann wieder ausschalten.*

Die Rays lagen im achten Inning eins zu null vorn, und DeWayne Staats war so aufgeregt, dass er die ganze Zeit quasselte. «Ich will gar nicht davon reden, was heute Abend mit Matt Moore los ist, Leute – ich bin von der alten

Schule –, sagen wir einfach, auf den Bases waren heute keine roten Socken zu sehen.»

Ein No-Hitter, dachte Evers. *Moore schafft einen verdammten No-Hitter, und ich hab's verpasst.*

Großaufnahme von Moore. Er schwitzte, obwohl im Trop konstant zweiundzwanzig Grad herrschten. Er holte aus, das Bild sprang zur Home Plate um, und plötzlich war in der dritten Reihe Dean Evers' tote Frau zu sehen, in demselben weißen Tenniskleid, das sie am Tag ihres ersten Schlaganfalls angehabt hatte. Die blaue Paspel hätte er überall wiedererkannt.

Ellie war richtig braun, wie immer um diese Jahreszeit und wie meistens im Baseballstadion, und sie achtete gar nicht aufs Spiel, sondern tippte stattdessen auf ihrem iPhone herum. Für einen flüchtigen Augenblick fragte sich Evers, wem sie wohl eine SMS schrieb – jemandem hier oder irgendwem im Jenseits? –, als plötzlich in seiner Tasche das Handy summte.

Sie hielt das Handy ans Ohr und winkte ihm kurz.

Mit den Lippen formte sie die Worte *Heb ab* und deutete auf ihr Handy.

Evers schüttelte langsam den Kopf.

Sein Handy vibrierte wieder, wie ein leichter Elektroschock an seinem Schenkel.

«Nein», sagte er zum Fernseher und dachte ganz logisch: *Sie kann eine Nachricht hinterlassen.*

Ellie wedelte mit ihrem Handy.

«Das ist falsch», sagte er. Denn mit Ellie verhielt es sich

nicht wie mit Soupy Embree, Lennie Wheeler oder dem jungen Dr. Young. Sie liebte ihn – da war sich Evers sicher –, und er liebte sie. Sechsundvierzig Jahre waren eine lange Zeit, besonders heutzutage.

Forschend betrachtete er ihr Gesicht. Sie schien zu lächeln, und auch wenn er nicht vorbereitet war, hätte er ihr wohl am liebsten erzählt, wie sehr sie ihm fehle, wie seine Tage verliefen und dass er sich wünschte, er würde näher bei Pat, Sue und den Enkeln wohnen, denn eigentlich gab es sonst niemanden, mit dem er reden konnte.

Er kramte sein Handy heraus. Obwohl er ihres schon

vor Monaten stillgelegt hatte, erschien ihre Nummer auf dem Display.

Im Fernsehen ging Moore hinter dem Pitcher's Mount auf und ab und jonglierte den Kolophoniumbeutel auf dem Rücken seiner Wurfhand.

Und plötzlich war sie direkt hinter David Ortiz zu sehen und hielt ihr Handy hoch.

Er drückte auf Telefonieren.

«Hallo?», sagte er.

«Na endlich», sagte sie. «Warum bist du nicht rangegangen?»

«Ich weiß nicht. Das ist irgendwie seltsam, findest du nicht auch?»

«Was denn?»

«Keine Ahnung. Dass du nicht hier bist und alles.»

«Tot meinst du. Dass ich tot bin.»

«Genau.»

«Also willst du nicht mit mir reden, weil ich tot bin.»

«Nein», sagte er. «Ich will ständig mit dir reden.» Er lächelte – zumindest glaubte er das. Er musste in den Spiegel schauen, um sicherzugehen, denn sein Gesicht fühlte sich ganz starr an. «Ich will dich, Liebling, tot oder lebendig.»

«Du bist so ein Lügner. Das ist etwas, das ich an dir nie ausstehen konnte. Und natürlich, dass du Martha gevögelt hast. Das fand ich auch nicht besonders toll.»

Was sollte er darauf sagen? Nichts. Also saß er schweigend da.

«Hast du gedacht, ich wüsste es nicht?», fragte sie. «Dass du dachtest, ich wüsste nicht, was ablief, konnte ich auch nie ausstehen. Es war doch ganz offensichtlich. Ein paarmal hast du nach ihrem Parfüm gestunken, als du nach Hause kamst. Juicy Couture. Nicht gerade der dezenteste Duft. Aber du warst ja auch kein besonders dezenter Mensch, Dean.»

«Du fehlst mir, El.»

«Okay, ja, du fehlst mir auch. Aber darum geht es nicht.»

«Ich liebe dich.»

«Hör auf, mich auf die Palme zu bringen, ja? Ich muss das tun. Ich hab vorher nichts gesagt, weil ich alles zusammenhalten und dafür sorgen musste, dass der Laden läuft. So bin ich nun mal. Oder war ich jedenfalls. Und ich hab's geschafft. Aber du hast mir weh getan. Du hast mich zutiefst verletzt.»

«Tut mir ...»

«Bitte, Dean. Ich hab nur noch ein paar Minuten Zeit,

also halt einmal im Leben den Mund und hör zu. Du hast mir weh getan, das war nicht nur die Sache mit Martha. Und auch wenn ich mir ziemlich sicher bin, dass Martha die Einzige war, mit der du geschlafen hast ...»

Das traf ihn. «Natürlich war sie ...»

«... brauchst du dafür keine Pluspunkte zu erwarten. Du hattest schlicht keine Zeit, mich mit jemandem zu betrügen, der nicht zur Firma gehörte, denn woanders warst du ja nie. Selbst wenn du hier warst, hast du nur an die Firma gedacht. Ich hab das verstanden, und vielleicht war es auch meine Schuld, weil ich mich nicht durchgesetzt habe, aber gegenüber Patrick war es wirklich nicht fair. Du fragst dich, warum du ihn nie zu Gesicht bekommst, das liegt daran, dass du nie für ihn da warst. Ständig warst du auf irgendeiner Verkaufstagung in Denver oder Seattle. Egoismus ist angelerntes Verhalten, weißt du?»

Diese Kritik hatte Evers schon oft, auf vielfältige Weise, zu hören bekommen, und seine Aufmerksamkeit ließ nach. Zwischen Moore und Papi stand es drei zu zwei. *Keine roten Socken*, hatte Staats gesagt. Sollte Matt Moore tatsächlich ein perfektes Spiel hinlegen?

«Du hast dich immer nur um deine Arbeit gekümmert und viel zu wenig um uns. Du hast gedacht, wenn du die Brötchen ranschaffst, reicht das.»

Hab ich doch auch, hätte er fast gesagt. *Ich hab doch Brötchen geholt. Erst heute Abend.*

«Dean? Hörst du mich? Verstehst du, was ich dir sagen will?»

«Ja», sagte Evers im selben Augenblick, als Moores Pitch in die äußerste Ecke ging und der Schiedsrichter gegen Ortiz entschied. *«Ja!»*

«Dieses Ja kenne ich! Verdammt noch mal, guckst du schon wieder dieses bescheuerte Spiel?»

«Natürlich sehe ich mir das Spiel an.» Doch im Moment lief gerade Autowerbung. Ein grinsender Mann – jemand, der zweifellos wusste, wie man die Dinge anpackt – fuhr mit halsbrecherischem Tempo durch Schlamm.

«Ich weiß gar nicht, warum ich angerufen hab. Du bist ein hoffnungsloser Fall.»

«Stimmt doch gar nicht», sagte Evers. «Du fehlst mir.»

«Mein Gott, warum mache ich mir überhaupt Gedanken? Vergiss es. Mach's gut!»

«Warte!», sagte er.

«Ich hab versucht, nett zu sein – das war schon immer so. Ich hab versucht, nett zu sein, und guck nur, wohin es mich gebracht hat. Leute wie du nutzen so was aus. Mach's gut, Dean.»

«Ich liebe dich», sagte er noch einmal, doch sie hatte schon aufgelegt, und als das Spiel wieder lief, saß die Frau mit dem glitzernden Top auf Ellies Platz. Die Frau mit dem Glitzertop war im Tropicana Field Stammgast. Manchmal war das Top blau, manchmal grün, aber immer glitzerte es. Wahrscheinlich damit die Leute zu Hause sie leichter entdeckten. Sie winkte, als könnte sie seine Gedanken lesen. Evers winkte zurück. «Ja, Schlampe, ich seh dich. Du bist im Fernsehen, Schlampe, echt toll.»

Er stand auf und schenkte sich einen Scotch ein.

Im Neunten gelang Ellsbury auf der rechten Seite ein perfekter Single, und die Zuschauer erhoben sich und beklatschten Moore für seine Leistung. Evers schaltete den Fernseher aus, saß vor dem dunklen Bildschirm und ließ sich Ellies Worte durch den Kopf gehen.

Im Gegensatz zu Soupy Embree hatte Ellie mit ihrer Anschuldigung recht. *Größtenteils*, ergänzte er und änderte es dann in *zumindest teilweise.* Sie kannte ihn so gut wie niemand sonst auf der Welt – dieser oder jeder anderen Welt –, doch sie war nie bereit gewesen, ihm die verdiente Anerkennung zu zollen. Schließlich war er es gewesen, der die ganzen Jahre ziemlich gut verdient und den Kühlschrank gefüllt hatte. Er hatte auch den Kühlschrank bezahlt – einen spitzenmäßigen Sub-Zero, herzlichen Dank auch. Er hatte ihren Audi bezahlt. Ihren Beitrag für den Tennisclub. Ihren Masseur. Das ganze Zeug, das sie aus Katalogen bestellte. Und, nicht zu vergessen, Patricks Studiengebühren! Evers war während seines eigenen Studiums auf eine unzureichende Mischung aus Stipendien, Darlehen und beschissenen Ferienjobs angewiesen gewesen, aber Patrick hatte von seinem Alten alles bezahlt bekommen. Dem Alten, den er jetzt nicht anrufen konnte, weil er zu beschäftigt war.

Sie steht von den Toten auf, und wozu? Um sich zu beklagen. Und zwar mit dem verdammten iPhone, das ich bezahlt habe.

Ihm fiel die Redensart ein, die er Ellie gern gesagt hätte

und für die es jetzt leider zu spät war: «Geld macht nicht glücklich, aber es erlaubt einem, auf angenehme Weise unglücklich zu sein.»

Dann hätte sie vielleicht die Klappe gehalten.

Je länger er über ihr gemeinsames Leben nachdachte – und um über so etwas nachzudenken, gab es nichts Besseres, als mit seiner toten Gattin zu reden, während man sie auf einem so teuren Platz sitzen sah –, umso mehr gelangte er zu der Überzeugung, dass er zwar nicht perfekt, aber auch nicht so schlecht gewesen war. Er hatte sie und Patrick geliebt und sich immer bemüht, nett zu ihnen zu sein. In der Überzeugung, das Richtige zu tun, hatte er geschuftet, um ihnen alles bieten zu können, was er selbst nie gehabt hatte. Wenn das nicht genügt hatte, konnte er es jetzt nicht mehr ändern. Und was die Sache mit Martha betraf … manche Arten von Sex waren bedeutungslos. Männer begriffen so was – Kaz hätte es ganz bestimmt begriffen –, aber Frauen nicht.

Während er im Bett in ein seliges Vergessen sank, das aus drei Teilen Ambien und zwei Teilen Scotch bestand, erkannte er, dass Ellies Gezeter seltsam befreiend war. Wen konnten die (wer auch immer die sein mochten) sonst noch schicken, um ihn zu quälen? Wer konnte ihm ein noch schlechteres Gewissen machen? Seine Mutter? Sein Vater? Er hatte die beiden geliebt, aber nicht so sehr wie Ellie. Miss Pritchett? Sein Onkel Elmer, der ihn immer gekitzelt hatte, bis er in die Hose machte?

Evers kuschelte sich unter die Decke und musste kichern. Nein, das Schlimmste war überstanden. Und auch wenn es am nächsten Abend im Trop zu einem weiteren tollen Vergleich kommen würde – Josh Beckett gegen James Shields –, musste er sich das ja nicht ansehen. Sein letzter Gedanke war, dass er ab jetzt mehr Zeit zum Lesen haben würde. Lee Child vielleicht. Er hatte schon länger vor, sich dessen Büchern zu widmen.

Doch zuerst musste er den Harlan Coben zu Ende lesen. Den ganzen Nachmittag war er in die Welt der grünen, erbarmungslosen Vorstädte vertieft. Als die Sonne über einem weiteren Sonntag in St. Petersburg unterging, war er schon auf den letzten fünfzig Seiten. Plötzlich summte sein Handy. Er griff mit spitzen Fingern danach – wie nach einer gespannten Mausefalle – und betrachtete das Display. Was er dort sah, war eine Erleichterung. Der Anruf kam von Kaz, und falls sein alter Kumpel keinen Herzinfarkt gehabt hatte (nicht völlig ausgeschlossen; er hatte gut fünfzehn Kilo Übergewicht), rief er eher aus Punta Gorda als aus dem Jenseits an.

Dennoch war Evers vorsichtig; angesichts der jüngsten Vorkommnisse hatte er allen Grund dazu. «Kaz, bist du das?»

«Wer zum Teufel soll's denn sonst sein?», fragte Kaz mit dröhnender Stimme. Evers zuckte zusammen und hielt das Handy vom Ohr weg. «Etwa der verdammte Barack Obama?»

Evers lachte kraftlos. «Nein, ich ...»

«Verdammter Dino Martino! Du bist zum Kotzen,

Kumpel! Plätze in der ersten Reihe, und du sagst nicht mal Bescheid?»

Aus weiter Ferne hörte sich Evers sagen: «Ich hatte nur eine einzige Karte.» Er blickte auf die Uhr. Zwanzig nach acht. Inzwischen müsste das zweite Inning laufen – es sei denn, die Rays gegen die Red Sox war das sonntägliche Acht-Uhr-Abend-Spiel auf ESPN.

Er griff nach der Fernbedienung.

Kaz lachte inzwischen. So wie er damals auf dem Schulhof gelacht hatte. Damals hatte es schriller geklungen, doch ansonsten war es dasselbe Lachen. *Er* war derselbe. Das war ein deprimierender Gedanke. «Ja, ja, ich nehm dich bloß auf den Arm. Wie ist der Blick von da?»

«Klasse», sagte Evers und drückte den Einschaltknopf der Fernbedienung. Auf Fox 13 lief ein alter Film, in dem Bruce Willis alles Mögliche in die Luft jagte. Er gab 29 ein, und der Sender sprang auf ESPN um. Shields warf gegen Dustin Pedroia, den zweiten Batter der Sox. Das Spiel hatte gerade erst angefangen.

Ich bin zum Baseball verdammt, dachte Evers.

«Dino? Erde an Dino Martino! Bist du noch dran?»

«Ja», sagte er und stellte den Ton lauter. Pedroia schlug vorbei. Die Zuschauer brüllten; die nervenden Kuhglocken, die die Rays-Fans bevorzugten, bimmelten voller Inbrunst. «Pedie ist gerade rausgeflogen.»

«Sag bloß! Ich bin doch nicht blind, Stevie Wonder. Die Rays-Fans sind ganz schön aufgedreht, was?»

«Aber total», sagte Evers gekünstelt. «Toller Abend für ein Baseballspiel.»

Jetzt war Adrian Gonzalez dran. Und in der ersten Reihe direkt hinter dem Fangzaun saß tatsächlich Dean Patrick Evers und machte einen auf schrumpeligen alten Winterflüchtling, der seine goldenen Jahre im Sonnenscheinstaat verlebte.

Er trug einen lächerlichen Schaumstofffinger, und obwohl er die Schrift nicht lesen konnte, nicht mal in HD, wusste er, was draufstand: DIE RAYS SIND DIE NR. 1. Der Evers zu Hause starrte den Evers hinter der Home Plate an, der das Handy ans Ohr hielt. Der Evers im Stadion starrte zurück und hielt dasselbe Handy in der Hand, in der anderen den Schaumstofffinger. Von einer Empörung ergriffen, die nicht mal sein fassungsloses Erstaunen völlig auslöschen konnte, sah er, dass der Evers im Stadion ein Rays-Trikot trug. *Ausgeschlossen*, dachte er. *Das sind Verräterfarben.*

«Da bist du ja!», rief Kaz triumphierend. «Wink mir mal, Kumpel!»

Der Evers im Stadion hob den Schaumstofffinger und wedelte feierlich hin und her, wie ein riesiger Scheibenwischer. Der Evers zu Hause machte mit seiner freien Hand unwillkürlich dasselbe.

«Das Hemd gefällt mir, Dino», sagte Kaz. «Du in den Farben der Rays, das ist, als würde man Doris Day oben ohne sehen.» Er kicherte.

«Ich musste es anziehen», sagte Evers. «Der Typ, der

mir die Karte geschenkt hat, hat drauf bestanden. Hör mal, ich muss jetzt los. Will mir ein Bier und einen … oh mein Gott, das ist es!»

Gonzo hatte einen harten Ball geschlagen, hoch und weit.

«Trink einen auf mich!», rief Kaz.

In Evers' teurem Fernseher trottete Gonzalez um die Bases. Während Evers zuschaute, wusste er plötzlich, was er tun musste. Es gab nur eine Möglichkeit, diesen kosmischen Witz zu beenden. Am Sonntagabend würde die Innenstadt von St. Pete menschenleer sein. Wenn er ein Taxi nahm, konnte er am Ende des zweiten Innings im Trop sein. Vielleicht auch früher.

«Kaz?»

«Ja, Kumpel?»

«Wir hätten zu Lester Embree netter sein oder ihn in Ruhe lassen sollen.»

Bevor Kaz etwas erwidern konnte, drückte Evers auf Beenden. Er schaltete den Fernseher aus. Dann ging er ins Schlafzimmer, durchstöberte die zusammengefalteten Hemden in seiner Kommode und fand sein geliebtes Curt-Schilling-Trikot, auf dem vorn eine blutige Socke prangte und auf dessen Rücken WARUM NICHT WIR? stand. Schilling war ein echter Kerl gewesen, der sich vor nichts fürchtete. Wenn der Evers im Rays-Shirt ihn in diesem Trikot sah, würde er wie der Albtraum, der er in Wirklichkeit war, verblassen, und das Ganze würde ein Ende finden.

Evers zog das Hemd an und rief ein Taxi. Es befand sich eins in der Nähe, das gerade einen Fahrgast abgesetzt hatte, und die Straßen waren so menschenleer, wie Evers es erwartet hatte. Der Taxifahrer hörte sich das Spiel im Radio an. Als er vor dem Haupttor hielt, waren die Sox immer noch im zweiten Inning am Schlag.

«Sie werden sich mit einem Platz ganz oben zufriedengeben müssen», sagte der Taxifahrer. «Sox gegen Rays, da sind die Karten begehrt.»

«Ich hab einen Platz direkt hinter der Home Plate», sagte Evers. «Wenn Sie irgendwo hinfahren, wo das Spiel gezeigt wird, können Sie mich vielleicht sehen. Halten Sie nach dem Hemd mit der blutigen Socke Ausschau.»

«Ich hab gehört, die Videospiel-Firma dieses verdammten Trottels soll bankrottgegangen sein», sagte der Taxifahrer, während Evers ihm einen Zehner gab. Er drehte sich um, sah, dass Evers immer noch bei geöffneter Tür auf dem Rücksitz saß, und gab ihm widerwillig das Wechselgeld. Davon reichte ihm Evers einen einzelnen zerknitterten Simoleon.

«Jemand mit einem Platz in der ersten Reihe sollte aber ein höheres Trinkgeld geben können», knurrte der Taxifahrer.

«Jemand mit so wenig Hirn sollte über den großen Schill nicht die Klappe aufreißen», erwiderte Evers. «Zumindest wenn er ein höheres Trinkgeld will.» Er stieg aus, schlug die Tür zu und ging zum Eingang.

«Fick dich, Boston!», rief der Taxifahrer.

Ohne sich umzudrehen, streckte Evers den Mittelfinger in die Luft – den echten, nicht den aus Schaumstoff.

Die Eingangshalle war nahezu leer, der Lärm der Menge im Stadion ein dumpfes Brandungsrauschen. Das Spiel war ausverkauft, wie die LED-Schilder über den verriegelten Kartenschaltern prahlten. Nur ganz am Ende war noch der Abholschalter für vorbestellte Karten geöffnet.

Evers ging wie auf Schienen darauf zu.

«Kann'ch Ihnen helfen, Sir?», fragte die hübsche Kartenverkäuferin, und war das, was sie da aufgelegt hatte, nicht Juicy Couture? Bestimmt nicht. Er erinnerte sich, wie Martha gesagt hatte: *Das ist mein Schlampenparfüm. Das trage ich nur für dich.* Sie war bereit gewesen, Dinge zu tun, die Ellie im Traum nicht gemacht hätte, Dinge, die ihm stets im falschen Moment einfielen.

«*Kann'ch* Ihnen helfen, Sir?»

«Tut mir leid», sagte Evers. «Hatte einen kurzen Aussetzer.»

Sie lächelte brav.

«Haben Sie zufällig eine Karte auf den Namen Evers? Dean Evers?»

Sie zögerte nicht, brauchte keinen Karton voller Umschläge durchzusehen, denn es war nur noch ein Umschlag übrig. Darauf stand sein Name. Sie schob ihn durch die Öffnung in der Scheibe. «Viel Spaß.»

«Wir werden sehen», sagte Evers.

Er ging auf Tor A zu, öffnete den Umschlag und nahm

die Karte heraus. Daran war ein Zettel geheftet, nur sechs Worte unter dem Rays-Emblem: MIT DEN BESTEN EMPFEHLUNGEN DER GESCHÄFTSLEITUNG. Er ging mit großen Schritten die Rampe hinauf und reichte die Karte einem mürrischen Platzanweiser, der dastand und beobachtete, wie sich Elliot Johnson gegen Josh Beckett bereit machte. Der alte Knacker war mindestens ein halbes Jahrhundert älter als seine Arbeitgeber. Wie so viele Leute seines Alters hatte er es nicht eilig. Das war einer der Gründe, warum Evers nicht mehr Auto fuhr.

«Toller Platz», sagte der Alte und kräuselte die Stirn. «So ziemlich der Beste im ganzen Stadion. Und dann kommen Sie auch noch zu spät.» Verständnislos schüttelte er den Kopf.

«Ich wäre ja früher gekommen», sagte Evers, «aber meine Frau ist gestorben.»

Der Platzanweiser erstarrte mitten in der Bewegung, Evers' Karte in der Hand.

«Treffer», sagte Evers lächelnd und ahmte mit den Fingern eine Pistole nach. «Das klappt einfach immer.»

Der Platzanweiser fand das Ganze nicht komisch. «Folgen Sie mir, Sir.»

Sie stiegen immer weiter die steilen Stufen hinab. Der Alte war in schlechterer Verfassung als Evers, voller Falten und Leberflecke, und als sie zur ersten Reihe gelangten, war Johnson schon unterwegs zur Spielerbank, weil Beckett ihn aus gemacht hatte. Evers' Platz war als einziger unbesetzt – aber nicht völlig leer. Am Sitzrücken lehnte ein großer blauer Schaumstofffinger mit der lästerlichen Aufschrift: DIE RAYS SIND DIE NR. 1.

Mein Platz, dachte Evers, und als er den anstoßerregenden Finger nahm und sich hinsetzte, sah er mit kaum merklicher Überraschung, dass er nicht mehr sein in Ehren gehaltenes Schilling-Trikot trug. Irgendwo zwischen dem Taxi und diesem lachhaften gepolsterten Captain-Kirk-Sitz war es durch ein türkisfarbenes Rays-Hemd ersetzt worden. Und obwohl er die Rückseite nicht sehen konnte, wusste er, was dort stand: MATT YOUNG 20.

«Der junge Matt Young», sagte er, ein Witz, den seine Sitznachbarn – von denen er keinen kannte – bewusst ignorierten. Er reckte den Hals und suchte die nähere Umgebung nach Ellie, Soupy Embree und Lennie Wheeler ab, doch ringsum saßen bloß anonyme Rays- und Sox-Fans. Er sah nicht mal die Frau mit dem Glitzertop.

Als er sich zwischen zwei Pitches umwandte, um nach hinten zu schauen, tippte ihm der rechter Hand sitzende Mann auf den Arm und deutete gerade noch rechtzeitig auf den Großbildschirm, um ihm zu zeigen, wie sich sein grotesk vergrößertes Ebenbild gerade umdrehte.

«Sie haben sich selbst verpasst», sagte der Mann.

«Schon in Ordnung», sagte Evers. «In letzter Zeit war ich genug im Fernsehen.»

Noch bevor Beckett sich zwischen seinem Fastball und seinem Slider entscheiden konnte, summte das Handy in Evers' Tasche.

Kann mir nicht mal in Ruhe das Spiel ansehen.

«Hallöchen», sagte er.

«Mit wem spreche ich?» Chuckie Kazmierskis Stimme klang schrill und trotzig, seine Ich-bin-kampfbereit-Stimme. Evers kannte diese Stimme gut, hatte sie oft gehört im Lauf der vielen Jahre, die sich zwischen der Fairlawn-Schule und diesem Platz im Tropicana Field erstreckten, wo das Licht immer trüb war und man nie die Sterne sehen konnte. «Bist du das, Dino?»

«Wer denn sonst? Etwa Bruce Willis?» Beckett warf den Ball zu tief. Die Zuschauer bimmelten mit ihren idiotischen Kuhglocken.

«Dino Martino, ja?»

Mein Gott, dachte Evers, *gleich sagt er: Wer ist auf der ersten Base, und dann sage ich: Was ist auf der Zweiten.*

«Ja, Kaz, der Künstler, der auch als Dean Patrick Evers bekannt ist. Wir haben im zweiten Schuljahr zusammen Brei gegessen, weißt du noch? Wahrscheinlich zu viel.»

«Du bist es wirklich!», brüllte Kaz, und Evers riss das Handy vom Ohr weg. «Ich hab dem Bullen doch gleich gesagt, dass er Scheiße labert! Detective Kelly, dass ich nicht lache.»

«Wovon zum Teufel redest du?»

«Von so einem Pinsel, der sich als Polizist ausgegeben hat. Ich wusste, dass das nicht stimmen konnte, er klang viel zu förmlich.»

«Haha», sagte Evers. «Ein förmlicher Beamter, stell dir das mal vor.»

«Der Typ sagt, du bist tot, also frage ich: Wenn er tot ist, wie kann ich dann grad mit ihm telefoniert haben? Und der Bulle – der sogenannte Bulle – sagt: Ich glaube, Sie irren sich, Sir. Sie müssen mit jemand anderem telefoniert haben. Darauf *ich*: Wieso hab ich ihn dann eben im Fernsehen beim Rays-Spiel gesehen? Und dieser sogenannte Bulle sagt: Entweder war das jemand, der ihm ähnlich sieht, oder jemand, der ihm ähnlich sieht, liegt tot in seiner Wohnung. Kannst du so einen Scheiß glauben?»

Beckett warf einen Pitch auf die Home Plate. Er war völlig von der Rolle. Die Zuschauer jubelten. «Wenn es kein Ulk war, dann hat wohl jemand einen großen Fehler gemacht.»

«Meinste wirklich?» Kaz stieß sein übliches Lachen aus, tief und krächzend. «Besonders wo ich grad mit dir rede.»

«Du hast angerufen, um zu sehen, ob ich noch am Leben bin, was?»

«Ja.» Jetzt, wo Kaz sich beruhigte, wirkte er verwirrt.

«Sag mir eins – wenn sich doch rausgestellt hätte, dass ich tot bin, hättest du dann eine Nachricht auf dem AB hinterlassen?»

«Was? Mein Gott, keine Ahnung.» Kaz wirkte verwirrter denn je, aber das war nichts Neues. Er war schon immer verwirrt gewesen. Über Ereignisse, über andere Leute, wahrscheinlich sogar über seinen eigenen Herzschlag. Vermutlich war er auch deshalb oft so wütend gewesen. Selbst wenn er nicht wütend war, war er *bereit gewesen*, wütend zu sein.

Ich spreche von ihm in der Vergangenheitsform, stellte Evers fest.

«Der Typ, mit dem ich geredet hab, sagte, sie hätten dich in deiner Wohnung gefunden. Du wärst schon eine Weile tot gewesen.»

Der Mann, der neben Evers saß, stieß ihn wieder an. «Siehst gut aus, Kumpel», sagte er.

Auf dem Großbildschirm, schockierend in seiner heimeligen Vertrautheit, war Evers' dunkles Schlafzimmer zu sehen. Mitten auf dem Bett, das er mit Ellie geteilt hatte, einem breiten Doppelbett mit Pillow-Top-Matratze,

das inzwischen zu groß für ihn war, lag Evers reglos und bleich, die Augen halb geschlossen, seine Lippen bläulich, sein Mund eine starre Öffnung. An seinem Kinn klebte getrockneter Schaum, der wie alte Spinnweben aussah.

Als Evers sich seinem Sitznachbarn zuwandte, um sich bestätigen zu lassen, was er sah, war der Platz neben ihm – die Reihe, der Block, das ganze Tropicana Field – leer. Und dennoch spielten die Mannschaften weiter.

«Sie haben gesagt, du hättest dich umgebracht.»

«Das stimmt nicht», erwiderte Evers und dachte: *Das verdammte abgelaufene Ambien. Und die Tabletten mit dem Scotch zu nehmen, war auch keine besonders gute Idee. Wie lange ist das jetzt her? Freitagabend?*

«Ich weiß, das klang nicht nach dir.»

«Und, siehst du dir gerade das Spiel an?»

«Ich hab's ausgeschaltet. Der verdammte Bulle – dieser verdammte Pinsel – hat mich aus der Fassung gebracht.»

«Schalt's wieder ein», sagte Evers.

«Okay», sagte Kaz. «Ich muss mir bloß die Fernbedienung schnappen.»

«Weißt du, wir hätten netter zu Lester Embree sein sollen.»

«Schnee von gestern, alter Kumpel. Die Messe ist gelesen. Oder was auch immer.»

«Vielleicht nicht. Du solltest von jetzt an nicht mehr so wütend sein. Versuch, netter zu den Leuten zu sein. Zu allen. Tust du mir den Gefallen, Kaz?»

«Was zum Himmel ist denn mit dir los? Du klingst ja wie eine verdammte Muttertagskarte.»

«Ja, kann sein», sagte Evers. Irgendwie fand er diesen Gedanken sehr traurig. Auf dem Pitcher's Mount schielte Beckett nach dem Signal des Catchers.

«He, Dino! Da bist du ja! Du *siehst* zumindest nicht *aus* wie ein Toter.» Kaz stieß sein altes, rostiges Lachen aus.

«Ich fühl mich auch nicht so.»

«Einen Augenblick hatte ich Angst», sagte Kaz. «Dieser verdammte Vollidiot. Frag mich, wo er meine Nummer herhatte.»

«Keine Ahnung», sagte Evers und betrachtete das leere Stadion. Obwohl er es natürlich doch wusste. Nach Ellies Tod war Kaz von den neun Millionen Menschen in Tampa-St. Pete der Einzige gewesen, den er als Ansprechpartner für Notfälle angeben konnte. Und dieser Gedanke war noch trauriger.

«Okay, Kumpel, jetzt guck dir weiter das Spiel an. Vielleicht können wir nächste Woche Golf spielen, wenn's nicht regnet.»

«Mal sehen», sagte Evers. «Bleib cool, Kazzie, und ...»

Kaz stimmte mit ein, und wie so oft sangen sie gemeinsam die letzte Zeile: *«Don't let the bastards get you down!»*

Das war's, es war vorbei. Er spürte, dass wieder alles in Bewegung kam, nahm hinter sich, am Rand seines Blickfelds, Unruhe wahr. Das Handy in der Hand, drehte er sich um und sah, wie der faltige Platzanweiser mit knirschenden Schritten seinen Onkel Elmer, seine Tante June und mehrere Mädchen, mit denen Evers während der Highschool ausgegangen war, die Treppe herunterführte, darunter auch die, die nur halb bei Bewusstsein gewesen war, als er mit ihr schlief – oder vielleicht kam «bewusstlos» der Wahrheit näher. Hinter ihnen gingen Miss Pritchett, die ausnahmsweise das Haar offen trug, Mrs. Carlisle aus dem Drugstore und die Jansens, die ältlichen Nachbarn, deren Pfandflaschen er von der hinteren Veranda gestohlen hatte. Wie auf einem Firmenausflug füllte ein zweiter uralter Platzanweiser die oberen Reihen des Blocks mit früheren Speedy-Beschäftigten auf, viele von ihnen in ihrer blauen Uniform. Er erkannte Don Blanton, der Mitte der neunziger Jahre im Zuge einer Ermittlung wegen Kinderpornographie verhört worden war und sich in Malden in seiner Garage erhängt hatte. Evers wusste noch, wie schockiert er gewesen war über den Gedanken, dass jemand, den er kannte, vielleicht in Kinderpornographie verwickelt war, und auch über Dons letzten Schritt. Er hatte den Mann immer gemocht, hatte ihn nicht gehen lassen wollen, aber was war ihm bei so einer Anschuldigung anderes übrig geblieben? Der Ruf der Beschäftigten war für eine Firma ungeheuer wichtig.

Der Akku seines Handys war noch nicht ganz leer. Was soll's, dachte er. Es war ein wichtiges Spiel. Wahrscheinlich sahen sie es sich auf Cape Cod ebenfalls an.

«Hallo, Dad», begrüßte ihn Pat.

«Guckst du dir das Spiel an?»

«Die Kinder gucken. Die Erwachsenen spielen Karten.»

Neben dem ersten Platzanweiser stand Lennie Wheelers Tochter, immer noch in schwarzer Trauerkleidung. Wie ein dunkles Gespenst deutete sie auf Evers. Sie hatte ihren ganzen Babyspeck verloren, und Evers fragte sich, ob das vor oder nach ihrem Tod passiert war.

«Geh mal gucken, Junge.»

«Einen Augenblick», sagte Pat, und dann war das Quietschen eines Stuhls zu hören. «Okay, ich bin da.»

«Direkt hinter der Home Plate, in der ersten Reihe.»

«Was gibt's da zu sehen?»

Evers stand hinter dem Maschendraht auf und winkte mit seinem blauen Schaumstofffinger. «Siehst du mich?»

«Nein, wo bist du denn?»

Der junge Dr. Young hinkte auf seiner Prothese die steile Treppe herunter und hielt sich dabei an den Sitzlehnen fest. Auf seinem Kittel prangte wie ein Orden ein kaffeefarbener getrockneter Blutfleck.

«Siehst du mich jetzt?» Evers nahm das Handy vom Ohr

und schwenkte beide Arme über dem Kopf, als wollte er einen Zug anhalten. Der bizarre Finger wippte hin und her.

«Nein.»

Also nicht.

Das war schon in Ordnung. Eigentlich sogar besser.

«Pass gut auf dich auf, Patty», sagte Evers. «Ich liebe dich.»

Er drückte auf Beenden, während sich überall im Stadion die Blöcke füllten. Er konnte nicht erkennen, wer gekommen war, um die Ewigkeit mit ihm auf den billigen Plätzen oder in den Weiten des Außenfelds zu verbringen, doch die Plätze gingen schnell weg. Nun kamen die Platzanweiser mit den watschelnden, zerlumpten Überresten von Soupy Embree und mit dessen Mutter, abgespannt nach einer Doppelschicht, mit Lennie Wheeler in dem Nadelstreifenanzug, in dem er beerdigt worden war, Evers' Großvater Lincoln mit seinem Spazierstock, außerdem Martha und Ellie und Evers' Eltern und all die Menschen, die er im Leben schlecht behandelt hatte. Während sie von beiden Seiten in seine Reihe strömten, steckte er sein Handy in die Tasche, setzte sich wieder und streifte dabei den Schaumstofffinger ab. Er lehnte ihn auf den jetzt unbesetzten Platz zu seiner Linken. Hielt ihn für Kaz frei. Denn er war überzeugt, dass sich Kaz irgendwann zu ihnen gesellen würde, nachdem der ihn im Fernsehen gesehen und angerufen hatte. Falls Evers irgendwas darüber gelernt hatte, wie das Ganze lief, dann dass sie beide noch einiges zu bereden hatten.

Jubel brandete auf, und Kuhglocken bimmelten. Die Rays waren noch immer am Schlag. Obwohl es viel zu früh war, forderte irgendein Großmaul an der rechten Außenlinie die Menge auf, die Welle zu starten. Wie immer, wenn Evers vom Spielgeschehen abgelenkt worden war, blickte er auf die Anzeigetafel, um sich auf den neuesten Stand zu bringen. Es war erst das dritte Inning, und trotzdem hatte Beckett schon sechzig Pitches geworfen. Allem Anschein nach würde es ein langes Spiel werden.

Die Autoren

Stephen King, 1947 in Portland, Maine, geboren, ist einer der erfolgreichsten amerikanischen Schriftsteller der Gegenwart. Schon als Student veröffentlichte er Kurzgeschichten, sein erster Romanerfolg, «Carrie», erlaubte ihm, sich nur noch dem Schreiben zu widmen. Seitdem hat er weltweit 400 Millionen Bücher in mehr als 40 Sprachen verkauft. Im November 2003 erhielt er den Sonderpreis der National Book Foundation für sein Lebenswerk. Er lebt mit seiner Frau in Maine.

Stewart O'Nan wurde 1961 in Pittsburgh geboren und wuchs in Boston auf. Er arbeitete als Flugzeugingenieur und studierte an der Cornell University Literaturwissenschaft. Heute lebt er mit seiner Frau in Pittsburgh. Für sein Debüt «Engel im Schnee» erhielt er 1993 den William-Faulkner-Preis. Im Rowohlt Taschenbuch Verlag sind von ihm unter anderem folgende Titel erschienen: «Die Speed Queen», «Eine gute Ehefrau», «Das Glück der anderen», «Sommer der Züge», «Abschied von Chautauqua», «Letzte Nacht» und «Emily, allein».

MIX
Papier aus verantwortungsvollen Quellen
FSC® C083411

Das für dieses Buch verwendete FSC®-zertifizierte Papier
Lux Cream liefert Stora Enso, Finnland.